未濟

樊善標

代序

詩的公與私

「山川異域，風月同天」、「豈曰無衣，與子同裳」兩個古老的句子，近日重聞於世，一時眾口稱道，卻終於惹來了「奧斯威辛之後，仍然寫詩是野蠻」的反唇相稽。俄而詩人楊牧下世，不少人提到他的名作〈有人問我公理和正義的問題〉，也許更有人記得他說過：「文學固然不能變成其他東西的附庸，但文學也不可以自絕於一般的人文精神，和廣大的社會關懷。」（《柏克萊精神．自序》）我倒是想起身兼科學家和散文家的陳之藩，在八十年代初的慨嘆：「但不知為甚麼，我忽然有一種遺憾的感覺。我給這個時代起了一個名字，叫『無詩的時代』。……無詩的時代是最可憐的時代，傷春悲秋固無以名狀；而天翻地覆也不會形容。」（〈四月八日這一天〉）寫詩還是不寫，為甚麼而寫，應該怎樣寫，此時此地，這些提問難免都帶著對立場究詰或反思的意味。然而回憶向詩走近的過程，我怎樣端詳捉摸它，體驗感受它，總無法彙整為「一個」顛撲不破的論述。

大概是小五升小六的暑假，某個午後，半躺在父母的床上，拿著一本為升中試作準備的中國語文補充讀物隨便翻閱。床邊有一台電動衣車，母親在埋頭縫衣服。那時香港製衣廠林立，勞動力供不應求，很多家庭主婦都當上了外發工人，母親也重操她婚前的舊業，賺些家用。回頭說那本書，好像從成語到各種文體寫作指導都有，包羅萬象，但最喜歡是那些讀來異常順口的短詩。我沒有怎麼費力就記住了「綠樹陰濃夏日長，樓臺倒影入池塘。水精簾動微風起，滿架薔薇一院香」、「中庭地白樹棲鴉，冷露無聲濕桂花。今夜月明人盡望，不知秋思在誰家」之類。在衣車和風扇交響的馬達聲中，四季徐徐淌過，我像觀看舞台演出，鮮明的印象直留到今天。

中四那年，中文科考試有一道題目問蘇東坡的〈江城子．十年生死兩茫茫〉，表達了怎樣的感情。我第一次讀到這首詞，不知道是悼念亡妻，只覺愁雲不散的沉哀壓在心上，難過得回到家裡忍不住告訴母親，她當然也未聽説過這首詞。後來接觸新詩，也不乏類似的觸動。點點滴滴，蒐索起來還有很多。有趣的是，舊詩讓我縈懷的往往是情感的濃度，新詩的興奮卻在於啟示了種種可能，例如初逢淮遠的〈白玫〉：

夜有許多許多
不見底的
洞
在園中
醫生和縫衣匠
都幫不上忙

赫然發現所謂「美」不需要是必然的。讀了羅青，才知道透明的語意也可以深邃無底。陳黎、飲江既雄辯又慧黠地演示了遊戲的嚴肅意義……

再後來，我認為不是這樣的。晚唐人讀杜甫、韓愈，南宋人讀蘇軾、辛棄疾，同樣會有新奇的感受。距離愈遠，細節愈模糊，把二三千年壓縮為一個「傳統」，拿來與「現代」對照，代價是省略了中間沒有間斷的變化。我讀曹操、丕、植的詩，很驚訝這一門兩代竟然有那麼大的差異，禁不住忖想，在他們父子兄弟心目中，「詩」究竟是甚麼一回事？各自追求的又是甚麼？

我很懷疑，古今中外叫作「詩」的東西，究竟有多少相通的元素？但最低限度，「詩人」似乎是一個鼓勵超越常規的護身符——不一定是行為舉止，而是寫作上的別出心裁，開疆闢土。此時此地，寫詩不可能成為職業，我更認定自己是業餘者中的業餘者。曾聽過一位年輕詩人說，可以為詩而死，另一位更年輕的詩人，為了詩藝的進境而著意和流浪漢搭訕，我自問辦不到。坦白說，寫詩於我純粹是為了好奇，希望藉著實踐多看懂一些別人的異樣風景。至於自己的風景能有多異樣，那是餘事的餘事了。

我出版過一部半詩集。半部是與散文集《力學》連體的《「　」》，一部是新舊體混雜的《暗飛》，縱加上未結集的，為數依然甚少，重讀舊作，一下子就完事了。這次回顧，翻到一些久已遺忘的句子：

就用這種語氣
談談最近幾天的心緒吧
談談翻開日誌就悠悠飄出
總說不來的那種感覺
只剩下幾天了距離那日子

約會差不多排滿一如平時
見面要等回歸之後啦
——我們忽然習慣這樣說
那麼牙齒檢查該遲些才掛號嗎
百老匯電影中心那片子不會割畫吧
這首詩寫了一半得趕在殖民時代完成
就像一場感冒
最後在週末打網球前恢復

舊日誌早丟掉了
去年這一天做過甚麼事情
想過即將舉行的慶典嗎
錯覺總以為過渡期還有十四年
那時剛考上大學正好中英談判結束

校園陽光燙熱香港的前途決定了
偶然也會懸想遙遠的將來
但具體內容已經忘記
現在最關心窗外的暴雨
會不會影響明天上班
和下班後的晚宴
還有後天要簽的房子貸款合約
假期裡到嘉湖山莊看看朋友剛滿月的女兒
雨再下不停回歸煙花也得取消了
明年就有濕淋淋的沉悶記憶

——〈方格地磚〉

聯想起楊牧在《柏克萊精神》外的另一本社會評論集《交流道》，裡面恰巧有這樣的話：「我只是覺得奇怪，為甚麼我們從小就盼望它發生的『廢除不平等條約』這件事，一旦在我們有生之年實現了，卻給予我們這許多困惑和諷刺，使我們體會到命運的欺凌，感受到一種悲愴？」（〈致香港友人書〉）那首詩寫得好也罷，壞也罷，並不要緊。對現在的我來說，最慶幸是二十三年前，畢竟留下了那些詩行。

原載《別字》第二十八期（2020年5月）

目錄

（二）馬鎮待憶之什

(五) 舊體之什

㈠
未濟之什

盡

一個蓄意誑言相欺
一個決心素抱自持
流水總是遇上高山

一個不惜揮霍彌天麗藻
浪擲腹中巧喻
花光半世積攢

一個只盯住一樁事情

堅執滅法的人生
強力聚焦的愛

祂向來恩寵不留退路的人
保佑自製的悲劇
既然一時難分甲乙
遂祝福他們僵持下去

不過，清堅決絕的世界末日
祂也不能存在了
善哉善哉，與誑言、
素抱同歸於盡

2024年3月

流轉因緣

一杯酒，記得橡木的氣味
一棵樹，緬懷暮鴉的獨語
一架飛機，牽掛行囊的負荷
一束心事，攔不住夜潮急漲
一場春雨，淋不熄愛忿如草
一個天涯，隔不斷今生來世
留不住的書冊，一本一本
鈐上硃赤的印章

(一)

附記：「因緣流轉」印章2021年請台灣蕭凱中先生刻製，鈐於曾經珍藏而終於送出的書冊上。或個人自購，或師友所贈。作者、贈者鑑諒。

2024年3月

瘳

昔者疾，今日愈
這個牙尖嘴利的孟子
身體一定非常強壯
最少寫下《孟子》時
並不氣息奄奄
老傢伙好辯駁但不屑講邏輯
我少年時讀了大受震動
現在則是另一種喜歡了

㈠

現在手邊再沒有成冊的字典
無法方便地查得，例如
疒部之中除了各式各樣的疾病
還有多少像痊、癒這種
給人希望的好字詞
搜索枯腸，只想到瘳
音秋，正是孟子引的《書》：
若藥不瞑眩，厥疾不瘳

藥非得猛烈才見效力？
但我喜歡瘳的讀音
嘹亮曠遠，病癥

一下子從身體裡揪出
軀幹頓然輕爽
像年輕時登上峰頂大叫
我來了，世界，我來了
儘管我何嘗這樣狂過

相似的意思還有瘥
音初，正好與歌叶韻
放歌千嶂靜
回首大江平
夠空闊了
字不落在韻腳又何妨

不合節拍，不中繩墨
不居樞軸，只要抱恙後能病瘥

但常人的結局總不免是
不瘥不瘳不痊不癒
除非是更可怕的意外或非命
得之有命，求之有道
路的盡頭是怎樣的風景？
站著，坐著，還是躺著看呢？
不多想了，既然感冒復元
寫首詩來慶賀吧

附記：《孟子．公孫丑下》記載，孟子正準備謁見齊王，齊王派人來説，本想看望孟子的，因為感染了風寒，不能來，如果孟子願意過去，他明天就上朝，不知道有沒有機會見面呢？孟子説，不幸我也病倒了，不能前去。第二天，孟子要去一位大夫家弔喪，學生提醒他，昨天以生病推掉齊王的邀請，今天出門弔喪，似乎不很好吧。孟子説，昔者疾，今日愈，為甚麼不弔？愈即癒。求之有道，得之有命，原出《孟子．盡心上》，我倒過來説，和原文沒有甚麼關係了。

2024年3月

答淮遠

我家樓下有株櫻花
十日前綻放得歇斯底里
招引漫天粉蝶大快朵頤
也不免交換了海量八卦
興奮啊拿著手機拍也拍不完
現在即使滿眼是啞口的綠葉
謠言儘夠回味到下個春天了
我們到時再飲茶吧

2024年2月

（一）

㈡

馬鎮待憶之什

曬菜乾的人

菜，乾了就奔放
鹹魚或豬骨
哪怕翻來或滾去
都掩蓋不了它的味道
可跟豆腐和白米
也相處得融洽
阿婆，在爛地停車場的
鐵絲網上

施施然晾曬食材
也難免想起
年青的日子
和激心的新抱

（二）

2024年1月，鞍駿街停車場

菩提有樹

豈止有樹呢
還有圍欄
圍著受傷的智慧
智慧傷於蟲蛀
蟲在葉面上寫經
開示解脫的秘要
樹攤開全部手掌

不明白不明白
樹下剛施了肥
佛祖避到了欄外

2024 年 1 月，錦暉苑

揮手

緣有陽光，乃現陰影
唯因黑暗，知曾有見
那海那山那些人
説不上愛
有時厭惡有時憎恨
更常是無動於衷
我們用陰影揮手
悄悄攪動水底的潛流

讓下次漲潮有點異樣
再見海再見山再見人
不是臨別生愛
是為愛而別
離別揮手離別
揮手離別揮手
離別揮手離
別揮手

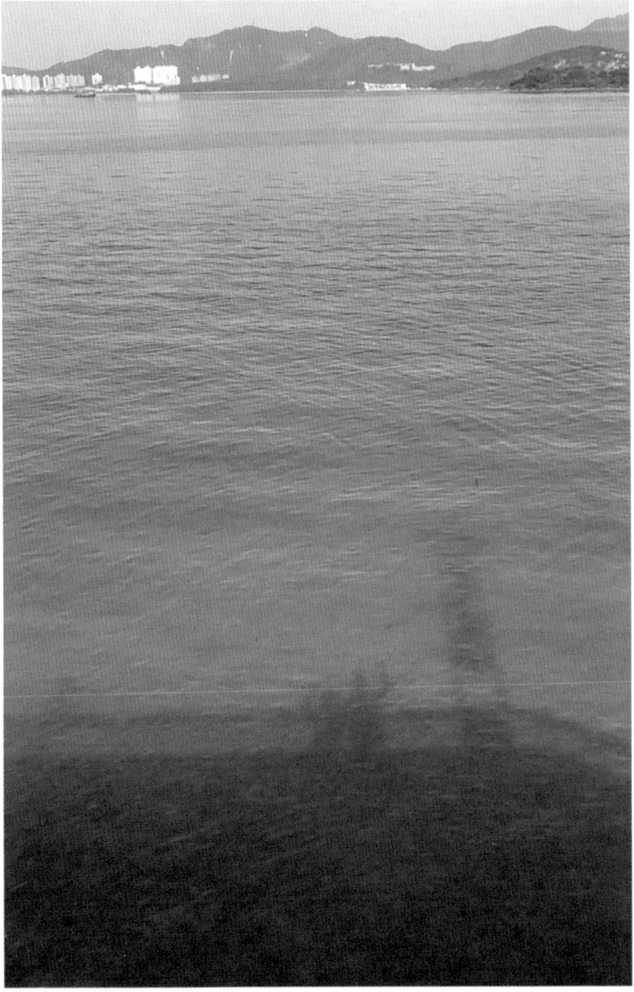

2024年2月，海濱長廊

無用

喜歡蒐集
一切無用的東西
雜草、枯枝、小野花
灌木、長一點的樹幹
我尾巴拂掃所及的蚊蚋、蒼蠅
噪鶥的歇斯底里
珠頸斑鳩喋喋的嘀咕
蝴蝶的無聊、蜻蜓的冒險
雨前土壤的濕潤

颱風中的閃電和雷鳴
挖泥機的煙塵
打樁機的節拍
未喝完的塑膠瓶
只剩一隻的白飯魚
地產公司宣傳單張
荒廢了的烏溪沙村公所
我以前看不起背後的大塊頭
最近也列入名單了

（二）

2024 年 2 月，烏溪沙村

河津放題

量才適性的工作
做上一輩子
有人説，就是幸福
我在想，如果才性
是吃喝玩樂
那樣地持續一輩子
豈不是加倍的幸福？
實在太太辛苦你們了

但也有不惹來譏嘲的
例如這個報喜斑粉蝶族群
簇繞著提早綻開的河津櫻
甜蜜飛舞，路人
只管以手機膜拜
可是，我還記得去夏
颱風後被勉強扶起的櫻花
隆冬裡竟如此怒放

㊁

2024年2月，恒明街休憩處

結巴

雲飛　風起
潮落　沙平
那邊　有甚
麼風　景值
得你　沾濕
鞋子　眺望

其實　我們
早猜　到了
一些　些但
不甘　服從
於某　種低
劣的　辭令

既然　不能
再走　在乾
爽的　馬路
踏出　去吧
儘管　仍有
些些　結巴

2024年2月，海星灣

聖誕節後一日

窗外偶見
胡亂拭擦過的天空
留下一蓬蓬雲絮
圓月低矮
隨便擱在屋頂
陽光把餘照信手塗抹到
對面大廈的高層
説是深冬

入夜之初依然明亮
真正的美好總是遲到
而且低調得可笑
可親又令人難過
以後我們憶起此地此刻
也會順著這個次序？

2024年2月，家中

一夜跋涉

為了綿延峰嶺上的熹微天色
歲暮海邊的夢幻樂園
杯横筷亂的團年飯
親友的讙譁和沉默
夢中有夢，醒後再醒
又怎麼確定在這刻
想像將來回憶這刻
此時和彼時，何者
為醒，何者為夢

一葉障目，一水隔天涯
也隔童年、青年和壯年
於人生的一端，那時更
看得清、看不清，還是不想看清？
一夜跋涉，趕千山萬水
而回來的原委，就是
綿延峰嶺上的熹微天色

（二）

2024年2月，家中

霧散風停

霎時滿海煙霧如絲，如絮
如製作棉花糖
如撫摸一隻健康的貓
丫洲順服，八仙嶺淡然隱退
只留下一點風
吹水面成文章
是誰的餘韻流風也好
誰對甚麼的留念也好
恕我都冒名頂替了

直至霧散風停
又重睹二十七年前登樓的第一眼
海水無波，陽光無限
還以為未來的每一日
也將如是

2024年2月，家中

㊂

餘意之什

餘意

現在不少人覺得世界陌生得認不出來了，在我來說，陌生更是雙重的。二〇一八年八月母親證實患上乳癌，已經擴散到淋巴，不能動手術。一星期後開始在私家診所化療，同時服中藥。安然度過夏天和秋天，到平安夜發現有輕微肺積水而住院。以為很快就能出來，因為她一直行動自如，幾天前我們還到過台北旅行。結果在內科病房住了三個星期，肺水裡驗出也有癌細胞，轉到腫瘤科。轉房前護士指導我替她注射胰島素，我寫了她發病後第一首詩。

〈過舊居〉

捏起肚子上的肉
手要穩定，瞄準
一刺而入，別慌張
護士溫柔地指導
耐心源於體諒
柔韌的皮膚攔阻了一下
瘀痕斑駁如老房子
牆內是半世紀前
我住過三百天的舊居
現在以觸覺重訪
這一口薄血針，母親
說，不痛

不久就是我的新曆生日，又寫了一首。

〈母難日〉

你注意到嗎
小外甥女在 Whatsapp 裡問
五十三年前今日
婆婆在醫院裡
五十三年後的今日
她也在醫院裡
（三個笑到流淚的 emoji）
我回了一個
流淚但沒有笑的
當年，我流淚，她笑

今天我沒有流淚
她也沒有笑

再過不久，又寫了一首——有生以來，我從未試過一個月內寫出三首詩。

〈小站之站——再和田泥《生活》〉

開往夢的列車陡然增加了許多站
我們各坐一線
苦於無聊中，踱到兩個車廂之間
獨自抵抗不斷呻吟的季候風
久久，像愁予所說，偶然
兩列並排停下的車上

我們互相發現了
那時燈光溫熱
暫撐開了厚厚的魆黑
但我們還是認得出來
有一團是母親
乳房上的腫瘤

那年的舊曆新年在二月初，醫生本來説她可以回家放假，後來又想讓她到療養院過年，那邊探訪時間長些，空間也較寬敞，但都沒有成事。期間我家的鐵樹悄悄長出花苞。

〈曇花〉

「曇花開不到一個晚上」*
鐵樹卻怒放了兩星期
每晚，從醫院回來
大門外凝固的氣息
曖昧的不祥
人生的難耐
當年，第一次花開
你到處問人徵兆的奧秘
從紛紜的解釋選出幸運
來確信不疑
鐵樹從此一再綻出平安
但總有驅不散的陰雲

這次自蓓蕾長出
我即不敢談及
直到萎謝那一天
你也沉入最後的酣睡
「我該用甚麼說話來安慰你」*
不是「一生的愛有千種惱」*
另一個我愛的人說
清香是為了安慰我們的愁苦*

* 李國威〈曇花〉。又，「使人愁苦的清香／繞膝如你的姿勢」是詩中的兩行。

㈢

母親需要以嗎啡止痛，藥量漸增，神智就會變得模糊。我新曆生日時她還很清醒，記得股票的價位，到舊曆生日已是能夠談話的最後一天了。大除夕凌晨心跳停止，留下大半天時間讓我們在假期前處理最緊急的後事，這是她有條不紊的作風。辦理停當，我們度過了寧靜的新年，稍事休息，然後和此地大部分的人一同經歷至今沒有終結跡象的困頓。

幾乎兩年沒有動過寫詩的念頭。上星期做夢又見到母親，我一醒來趁著還有印象，告訴枕邊的田泥，說夢境寫下來就是一首詩了。

〈浮城誌異／不還〉

差不多兩年之後
我們在你家鄉的空地坐著矮凳乘涼
這棵大樹的枝條垂到面前
一邊談著沒要緊的事情
我隨手撫摸新出的嫩葉
對生於小鳥背上，不多不少
每雙翅膀長出兩片
黃昏將盡時一齊在空氣裡晃動
（好熱鬧這鳥的城市）
春天到了
你站起身細看
一陣爽颯的風拂起

㊂

所有小鳥張翼而飛
吊著這棵樹慢慢
而平穩地滑去

我們常常慶幸母親不需要經歷那些困頓，但她在另一個世界似乎完全知曉。不僅如此，她還知道前四首詩其實未完整，是時候續上末了的餘意了。

2021年2月

杜鵑之地

港鐵屯馬線馬鞍山站的所在，今天稱為馬鞍山市中心，但二、三十年前，這裡原是海。一九八〇年，政府的《沙田新市鎮發展計劃》（*Sha Tin New Town Development Programme*）宣佈，將於馬鞍山填海一百八十八公頃，發展一個可容納十六萬五千人的社區，作為沙田新市鎮的延伸部分。一九九〇年代中後期，新港城、海栢花園、馬鞍山中心等私人屋苑，以及大型社區設施馬鞍山公園、馬鞍山游泳池陸續在填海土地上落成。

根據二〇一一年的人口普查，馬鞍山居民逾二十萬，超過了原初

㊂

規劃，相信不少是由他區遷來。人口快速增長除帶動交通需求，也令一些組織想到建立社區認同感的必要，二〇〇四年，鐵路馬鞍山線通車，同年區內舉辦「馬鞍山杜鵑花種植日」，日後擴大為「馬鞍山杜鵑花節」，既是巧合也未嘗不是地區發展的必然趨勢吧。

馬鞍山鐵路原屬九廣東鐵的支線，由大圍蜿蜒向東北伸展，尾站名烏溪沙，前一站即馬鞍山。本來烏溪沙青年營、烏溪沙碼頭距離馬鞍山站僅數分鐘步程，都較烏溪沙站為近，但馬鞍山既是整個地區的統稱，市中心的車站以之為名，不為無理，加上攀登馬鞍山的一個入口馬鞍山村路，由此站前往最為方便，似乎更添命名的依據。無論如何，設立大型公共運輸系統，意味當局發展地區的決心，政治團體和地方組織基於各種考量多方配合，也在意料之中，「馬鞍山杜鵑花節」即為其中一個持續多年的地區活動。此一節慶始於推動在區內廣植杜鵑花，作為馬鞍山區的象徵。馬鞍山公園佔地寬廣，杜鵑花栽種得宜，每年春日吸引了不少遊人觀賞，甚至有人跨區而來。

但也許不是很多人知道，這些都是外來品種，而香港原生的杜鵑花，包括羊角杜鵑、華麗杜鵑、紅杜鵑、南華杜鵑、香港杜鵑等，仍能在山上發現。一九三〇年代，任職香港皇家天文台的英國科學家 Graham Heywood，在遠足隨筆 *Rambles in Hong Kong* 中記錄了馬鞍山上的本地杜鵑品種，近年經常來港登山遠足的台灣作家劉克襄，也寫了一篇〈馬鞍山：趕赴一場杜鵑花的盛宴〉。然而一般人見慣的仍是茂密低矮的進口品種，而且不限於馬鞍山區——中年以上的香港居民，應該記得英治時期，每年杜鵑花季港督府開放庭園讓市民參觀。不過當年遊園者更有興趣的，究竟是簇簇繁花還是其他事物，例如媒體如蟻趨蜜般關注的末代港督彭定康三位稚齡女兒，或者威士忌和梳打兩頭愛犬，就不能一概而論了。

杜鵑花另有映山紅、山躑躅等別名。另外，杜鵑也是鳥名。傳說古代蜀王望帝死後化為杜鵑鳥，悲啼不已。有人附會說，杜鵑鳥啼出的血滴在杜鵑花上，乃有殷紅的斑紋。在古典詩詞中，杜鵑的啼聲常代表思鄉之苦，因為傳統認為聽來像「不如歸去」。其實杜鵑鳥和杜鵑花的品種都很多，每年四、五月間的清晨，馬鞍山公園常可聽見「呀咕——呀咕」的啼聲，那是噪鵑，與「不如歸去」相差很遠。杜鵑花有節慶推廣，杜鵑鳥卻冷落多了，不過噪鵑響亮粗獷，對不怕吵的人，自有可喜的生命力。有詩為證：

哪年，冒失的早鳥
叫破殘冬的薄殼
霧濕流淌一地
崗陵上的映山紅、山躑躅
深紫、淡紅、乳白
毫無例外地
留一瓣異常的斑點
是望帝在古中原的南方
啼出的血痕複印在
更南方的化外？

化外的鳥操甚麼口音？
複述望帝的甚麼心事？
仍苦苦勸人不如歸去？現在

㈢

散步於曾是海的公園裡
慶祝叫杜鵑花的新節日
好奇念著拗口的學名
印證簇簇熟悉不過的招展形態
但據說這些都是外來者
擅長抵抗燠熱和廢氣
以裝飾枯燥的新城市

那年登上馬鞍山
才見到真正的土生種——
羊角杜鵑、華麗杜鵑、紅杜鵑
南華杜鵑、香港杜鵑——
從樹叢間擠出的零零碎碎
是因為春日已遲嗎？

還是本來就是那樣地生存？
我們攀爬石壁，湊近
柔小的花瓣，嫩白透出粉紅
咦，枝梗上有扎手的硬毛
可惜忘了可有聽到杜鵑的啼聲
用怎樣的鳥語
冒失的我來自城中
多少年終於習慣依期的霧濕
享受水氣舒放蓓蕾
春天是我，我就是山下的春天
然而一再延伸的的鐵軌車程
仍沒有記憶那樣長
其實，記憶也並不長
未忘盡的顏色愈來愈少……

㊂

某年港督府開放
春日遊園兼碰碰運氣
隔著繽紛花影可能窺見
那三位英倫小淑女
或者，兩頭
以飲料為名的洋狗

2018 年 7 月初稿
2023 年 5 月修訂

㊃ 羊與毛之什

羊與毛

最初是一羊一毛
然後呢二羊一毛
終於啊三羊一毛
是富饒淪落為貧困
還是獨佔昇華作分享？
羊毛
出在羊身上
問題是
能不能留在羊身上
凜冽的日子

曾借彼此的體溫禦寒
後來地球一天天暖化
再用不著那麼多熱誠了
多餘的毛啊
塞給你
塞給他
都丟掉吧
就讓我
光禿
而
冷
酷

2019年11月

生活——和田泥多年前同名之作

不過僅僅十五年前
我們能夠幻想
佛誕日的炎熱中午
提議你爸和我媽
一起到樓下街坊茶樓午飯
因為他們的印傭
不是放假，就是守齋？

而那時秋陽似南歐的老酒
農作物醉態沉沉
黃昏裡空氣透明無比
我們赤足踩過微燙的橋板
正要打開豐饒的倉庫
颪掠過
是半哩外教堂的鐘聲？

2018年5月22日佛誕初稿
2018年11月修訂

科學教室

葛詹尼加斷言
人類的智能完全由談論八卦發展起來＊

……光子，颼的一聲
同時通過並排的兩個狹縫
（咦！）
位置和速度
你永遠只能知道其中之一
（海森堡的測不準原理！）
圓睜的眼睛，誇張的手勢
——因為，觀察者介入影響了結果
另一人狡黠地淺笑，悠然

拈出薛定諤的黑貓、上帝的骰子
史前外星文明、眾生皆有佛性
（他們不知道我在偷聽自己的學生時代）

午後的馬鐵車廂空盪盪
幾顆頭顱沉沒於手機中
兩個少年男生興致勃勃地討論
真想告訴他們，背後
車窗外輕快移動的群山
曾有一條淡淡的彩虹
只有我來得及拍下
真想邀請他們一同爬到馬鞍山上

看滿天閃亮星星

隱藏著的黑洞奧秘

＊「認知神經科學之父」葛詹尼加（M. S. Gazzaniga）說：「你是否聽過有人在電話裡談論粒子物理學或是史前斧頭？社會心理學家埃默研究了人類交談內容，發現百分之八十到九十是關於被指名道姓的人以及熟識的個體，換句話說只是閒聊。」見葛詹尼加著，鍾沛君譯《我們真的有自由意志嗎？》（台北：貓頭鷹出版，2014年），頁186。

2016年7月

春

又是那個陳年笑話
早已熟得爛透
即使收買了的觀眾濃密如水霧
掌聲競放似花蕾
你鐵定無動於衷

總有辦法的
造物再一次鑾來
光天化日之下

用許多許多枝條末梢處最柔最嫩的青芽
一齊呵你的癢

2015年3月

問蟲

——致〈蟲的故事、蟲的遐想、蟲的啟示……〉的作者

喂喂
我問你
胖胖的毛蟲
你還在紅磚大樓外
那草坪旁邊的
行人路上，向前
又向後，左轉
再右轉地蠕動？

終於，你找到回
家的路了嗎？

喂喂
慢吞吞的毛蟲
我來問你
那個晚上涼快的空氣
蒸發成正午烈陽前
你趕得及爬進
洋紫荊落葉底
喘息最後一口潮濕嗎？
還是巨鞋的黑影

已經從半空壓下？
喂喂
你知道嗎
可憐的毛蟲
那個晚上蹲著看你
三個小時多的人
認為你需要一條
屬於自己的生命
「必要經過掙扎，才會
珍惜自己」
如果別人幫助了你

「生命也只是別人
給予的罷了」＊
咫尺的路程爬了多久？
咦，三十五年了
吐絲，結繭，我們
張開斑斕的翅膀
——我們證明真是毛蟲
了嗎？
喂喂
你的腿瘦了沒有？

* 湮漠〈蟲的故事、蟲的遐想、蟲的啟示……〉，《紅磚集——理工同學文藝創作（一九七二至一九八一）》（香港：香港理工學院學生會文社理工學生報編輯委員會，1981年）。原載《理工學生報》第八卷第四期（1979年12月）。

2014年11月

辛波絲卡保佑

瀕臨崩潰，她用最後的理智
拾起床頭辛波絲卡的詩集*
神跡地，一翻就翻到〈安慰〉
是真的　或不是真的——
我都樂意相信它*
是啊，這一刻她也不由自主虔誠相信
可以有權利期待一個　皆大歡喜的結局*
那確是懂得安慰的神，善用滑稽的事例

老處女們嫁給了可敬的牧師
誘惑少女的人跑到祭壇前懺悔
釋放出笑聲來治療傷痛
*

類似的心情下，我也求助於那本詩選
但世上哪有這麼多巧合呢
果然是另一首，我一瞥末兩行
告訴你們　讀者
那真是沮喪的一幕
*

太落井下石了吧，幽默的神
啊，不，看左邊那頁
在第一章就走失的小狗
*

現在再次在家裡奔跑
並且高興地吠叫*
是〈安慰〉的結語哩

*辛波絲卡作、林蔚昀譯《給我的詩：辛波絲卡詩選1957–2012》（台北：黑眼睛文化事業有限公司，2013年）

2014年6月

動物趣聞五章

①天倫

報載一名男子心愛的八哥飛走了，
牠小名Baby。
親愛的，如果我們也養一隻，
你想牠怎樣叫你？
媽媽？
——難為情死了。
C太太？

——甚麼話？

L小姐？

——不！

Mary？

——夠了。叫我主人。

不是太有階級之分嗎？

叫九妹吧，既然

你叫牠八哥。

② 方言歧視

哪一種動物最沒有耐性？
鴨！
總是催促著：
Quick，Quick，Quick
滿口鄉音地。

③ 原罪

同病相憐的我們，
互相搭著肩。

我撫摸牠的鬃毛。
啊，那是牠不能自拔的原罪。

④ 外國月亮

朱自清久未散步的荷塘，
正炒作新鮮的話題：
移民到成都！
不符合要求的青蛙頓足長歎，
荷花抱憾於污泥的出身，
採菱女工商量抗議行動。
唯一合資格的族群，

抖著尾鰭，愉快地
幻想嶄新的生活方式，
傳聞那裡有專為牠們建設的，
錦鯉步行街。

＊「錦里步行街是西蜀歷史上最古老、最具有商業氣息的街道之一，早在秦漢、三國時期便聞名全國。錦里步行街現為成都市著名步行商業街，仿古建築，佈局嚴謹有序，酒吧娛樂區、四川餐飲名小吃區、府第客棧區、特色旅遊工藝品展銷區錯落有致。」轉錄自「到到網」（http://www.daodao.com/Attraction_Review-g297463-d1832090-Reviews-Jinli_Pedestrian_Street-Chengdu_Sichuan.html）

⑤ 四腳池魚

這一伙勾肩搭背而來的男女
其中有語言大師哩
我見識了甚麼叫做
言談的分寸
在雜七雜八的笑謔聲裡
是誰激昂地慨嘆：×你老——鼠

2014年5-10月

鑑定

如此素淨兇猛的青春
隨著每條枝枒睡醒欠伸
攀爬到人行道
柏油路面、下水溝
你停步細看
驚喜於這亮白街頭
驟然喚醒意識底層的幸福想像
以靛色冷焰燒向晴天

異國情調的另一株花樹
斜坡急轉處陡地挺身
我僅來得及
失聲讚歎
但不知道怎樣向你措詞
這有別於面對火紅幟烈的感觸

你大方袒露一種顏色的底蘊
我也無須隱瞞
艷羨別種色彩
可這實在算不上甚麼考驗
——除非我們被塞進一個籠子裡

卻仍盡力收起長爪
毫不遮掩感情柔軟的要害

2014年4月初稿
2014年7月修訂

鯨魚之友

住在迎向綠色山坡的房子裡
樂仁這名字不是很合適嗎
何況，他總是靜靜地
從不見鬧著要吹肥皂泡
或拿著手槍四處掃射
那次我們探訪那清涼的房子
父母親在房間裡未出來
樂仁咿咿呀呀地招呼
說著說著就懊惱起來了

使勁地抓自己的大腦袋
因為我們都聽不懂他的話
樂仁的腦袋真大
也遠高過幼兒班的小同學
其實他不擅長運動
在酒樓吃晚飯前
爸爸叫樂仁耍一套拳
他柔順地伸手提腳
輕飄飄的掃堂腿
掃得我們哈哈大笑
樂仁喜歡海裡的動物
他指著背包介紹好朋友藍鯨

他又畫了一幅巨鯨噴水
要爸爸貼在辦公室門外
樂仁最兇的一次
據我所知，是為了制止妹妹
替他戴上腳踏車頭盔
而伸出兩隻手指
夾了妹妹的小鼻子一下
但我想樂仁或許要真正兇起來
剛剛電視台的紀錄片說
要是人類繼續濫捕
不幾年之後
藍鯨這地球上最巨大

卻又那麼溫馴的動物
——不是魚類，是哺乳類
樂仁提醒我——
就會在藍色浩瀚的海洋永遠消失了
快點長大吧樂仁

2014年4月

科學館外

文靜帥氣的恐龍
伸長頸項
側起腦袋
不勝煩惱地覷著
茂密低垂的樹葉
鼻孔一張又一合
侏羅紀所沒有的氣味
肚子深處低沉無奈地咕嚕
——吃呢，還是不吃

在這時代

我上班經過
禁不住代牠想

2014年3月

重遊大埔梅樹坑公園

夾在三合土河堤之間狹窄的淺水
拘拘束束地前流竟也這麼多年了
再沒有波濤的本能只挾帶些枯葉
打著漩渦無聊而緩慢而不動聲息
其實，不是的
在這一岸
我踮著腳
湧動的浪谷裡
一閃

而逝
髮絲
雙眉
我跳起
再跳起
多給我
多給我
一點吧
瞳孔
鼻樑
嘴唇
曾說過

甚麼
在濤聲
止息
的瞬間
不管是
戀慕
關懷
招呼
或者
詛咒
是的，其實
矮下去小下去只要坍陷

下去直至僅餘強烈的渴
望戀戀難捨滿天空曾有
過那麼芳菲粉紅的真相

2014年2月

陀螺

切莫
把自己放到死角
失掉轉身的餘裕

當知
忙得團團轉
反是長久之道

勿嫌
僅得立錐之地
憑藉愈少愈穩當

平衡
是這輩子
最拿手的戲碼
但既是演出，其實也想
試試別的、迥異的角色

2014年2初稿
2024年3月修訂

植物

曾費盡精力
緊隨著潮流
穿戴得招展光鮮
最後，也按照季節限定
脫下所有指環
徒手摸索天空

2014年1月

草芥

有一株草
含羞，含辛
所以也茹苦
被指示含蓄
順道忍辱
靜靜，獨自
含怒到日落
無人勸慰它含糊
將就

雖然同樣
納稅、行房
只不過是
一株草
低頭望地
也不過是含
羞

2014年1月

喜劇

快到農曆新年的時候
我在賀喜教授的香港殖民時代
歷史講座上，領會了喜劇的意義
儘管這決不是她的本意

引自伊麗莎白．冼教授的著作
《權力與慈善》：
十九世紀鼠疫流行期間
總督派遣特使調查華人民間醫療情況

（四）

回報說，病人並排躺在房間的泥地上
侷促黑暗，沒有合乎最低衛生標準的照料
其中一個房間，管理人說，有兩具屍體
特使檢查後，發現一具是活的

幻燈一閃而過，我趕緊抄下書名
內容只好半回憶半想像
觸動我匆忙摸出紙筆，是喜劇般的感覺
既然屍體又活過來了
既然那是遙遠的殖民時代
我們都活過來了，陷在柔軟的椅子裡
聽著似真似幻的奇聞

唯一不太像喜劇的
是這首詩完全寫實
包括所有時間和人名

2014年1月

保險

保險單上的嚴重病症：

亞爾茲默氏病

漸進而永久的記憶及智力退化

糖尿病

引致雙腳截除

腦皮質壞死

　腦皮質全面壞死，而腦幹完整無損

再生障礙性貧血

　因慢性骨髓衰竭導致貧血、白血球及血小板減少，需接受

骨髓移植，或最少三個月接受
　下列一項或多項治療：輸血、骨髓刺激藥物、
免疫系統抑制藥物
冗長的清單，陌生的危機沿途埋伏
我最終會因為哪一種重病而取得許諾的獎金
另一種可能是發現早期的嚴重病症
先得到四分之一賠償，以觀後效
急性壞死及出血性胰腺炎
　由胃腸病專科醫生，以組織病理學判斷手術切除的需要
糖尿病引致的單腳切除
　留下一肢卻少了一半的安慰
頸動脈血管成形術及支架置入術、膽道重建手術、大腦內分流器植入

讓身體陌生化為一幢有待修葺的建築，似乎不癢也不痛
但它們與慢性肺病、肝炎連肝硬化、中度嚴重腦炎、單腎切除
這些熟悉名字並列，顯然並不好惹，儘管
同樣只獲發百分之二十五的獎金
該選哪一種呢，按金額還是痛苦的程度
可以不選嗎？或者，如果
選了不在清單上的項目，得不到任何賠償
不是白付了多年的保費？經紀人笑說
死亡賠償，是最高額又人人不至於落空的
他的妙語既真實又恐怖
是他藉以謀生的專業資格
特別是這一句：

放心吧，我自己也買了

2014年1月

候人兮猗

《呂氏春秋》記載，大禹娶塗山氏之女，未及行禮，即為了治水而往南方巡察。女子於是作歌，曰「候人兮猗」，是南國之音的起源。

雨聲不斷，終於
聚結成額前曉霧
京城罕有的夜雨
濡濕了旅夢
卻洗不去風塵
衣領翻起凜冽的線條
鞋底擦了又擦階前水漬
待奔赴前路之時
總幻覺曉色裡
有步音纖微

此刻困頓於陌生人中
時間在楚楚衣冠的縫隙裡遲緩蠕行
爭辯的話題乾裂如枯木
才知道功名都是虛妄
扭頭注視玻璃窗外
綿絮一蓬又一蓬
夾在緋色花瓣中吹過
青爽的樹影打著手勢
難道是你
萬里來尋的暗號

2009年5月初稿
2010年6月修訂

畫皮

挾雨西風撥亂宿草
正值我們仰首舉杯
流螢與燐火開滿了
一園子的繁花
天色沉沉
你臉頰隱約的弧線
垂墜如果實日漸甜美
我亦當如此吧
再飲一杯怎樣

不必為無畫皮之術而奈何

2005年10初稿
2009年5月修訂
2023年2月再修訂

㊄ 舊體之什

胡天

用李義山杜工部蜀中離席韻

曉月胡天認破群，離觴猶記夜深分。
夢中萬戶千門路，宇內彌山遍海軍。
仗劍憑誰披惡祲，倚樓還自對停雲。
人間偶亦傷惆悵，今日低吟念此君。

2024年4月

枕上作

乍燠回寒候，無眠攬雨聲。
哦詩憐句澀，織恨礙窗明。
歲月蠶同老，文章世豈驚。
炎涼知夢幻，枕簟若為情。

2022 年 5 月

㊄

為源永文兄賀侯珊琳女士獲建築大獎

奔浪渟淵各逞奇，於人狂狷儻如之。
羨君疏鑿乾坤手，通塞安瀾中道姿。

2022年2月

閒步過馬鞍山恒安邨，見休憩區作中式園林設計，一月洞門有嵌邨名聯「恒來是處得其樂，安用他圖自有邨」，門額「涉趣」，殊有心思。歸家查得恒安邨一九八七年入伙，其中央花園獲一九八九年香港建築師學會優異獎項，距今三十三年仍無老舊之感。可惜近日防疫措施收緊，二人以上同行即干犯限聚令，無三人行必有我師擇其善者而從之之樂矣。爰謅六句，純粹為了與門聯合為一律

等閒長日掩蓬門，忍負春光趁曉暾。
信步看山迷近遠，分花隨鳥忽妍暄。
恒來是處得其樂，安用他圖自有邨。
彈指卅三年舊事，從師涉趣與誰論。

2022年2月

傷春

感傷何計挽殘春，行見紛紛赴劫塵。
風裡落花留後約，山中明月識前身。
三年徙倚成無待，一盞沉埋漸有因。
永憶故園秉燭夜，悲懷如水又如茵。

2022年1月

源永文兄囑為其師周恒先生雙錦鯉圖作

花花相對葉相當，拂水微風暗送香。
無事相隨得竟日，最平常是不平常。

2020 年 6 月

和陳煒舜兄戲詠紫薯天鵝酥，是日陪台灣成功大學中文系林朝成主任、翁文嫻教授，巴黎法蘭西學院圖書館岑詠芳女士參觀新亞研究所藏書，同事煒舜教授、何杏楓教授及其十二歲女公子楊靜得同行，午膳於馬頭圍酒樓，靜得力言紫薯天鵝酥美味，乃共嚐之，後文嫻教授再添一份

幸陪仙侶拂簡塵，復接瓊筵問道真。
何意雲中結隊客，都成席上可憐珍。
羽衣千褶縫難及，泥爪無蹤事有因。
至味如今初識得，甜心須喚再相親。

2018年5月

和陳煒舜兄

素面佳人傍淺清，弄貓歸去月微明。
王孫別有心頭愛，延佇年年未識荊。

2018年4月

隨筆二首

一

輕車晴日向青山，小坐秋光掩映間。
遙指塵寰歌舞地，埃氛何事苦相關。

二

兩槳菱歌盪淺清，鬢霜遊子記前情。
江南舊客無消息，倦倚危欄盡晚晴。

2016年9月

東鄒穎文女史敬詢本校圖書館所藏張紉詩墨跡

曾緣寶笈識驪珠，[1] 南海天香態自殊。[2]
魏紫姚黃歸詠絮，飛鴻舞鶴想操觚。
夢迴芳砌愁將歇，亭在長洲舊已蕪。[3]
仙長嫏環多歲月，巾箱猶有秘書無。

2016年9月

1 鄒穎文主編《書海驪珠：香港中文大學圖書館珍藏專輯》，錄有張紉詩行書牡丹詩五十首橫幅。鄒女士為中大崇基牟路思怡圖書館主任。

2 張氏書畫常自署南海女士張女子詩。

3 長洲有宜亭，乃張氏丈夫蔡念因所建，以紀念其妻。蓋張紉詩名宜也。

敬輓劉殿爵教授

天柱撐持久，鳩形刻鏤多。[1]
毫芒思力入，楮墨世緣過。
適意神為馬，[2] 崩山淚漲河。[3]
几帷俯仰在，[4] 絳色詎堪摩。

1 《後漢書・禮儀志》：「仲秋之月，縣道皆案戶比民，年始七十者，授之以玉杖，餔之糜粥。八十九十，禮有加賜，玉杖長九尺，端以鳩鳥為飾。」王維〈春日上方即事〉：「鳩形將刻杖，龜殼用支床。」

2 《莊子・大宗師》：「浸假而以予之尻以為輪，以神為馬，予因以乘之，豈更駕哉。」

3 《史記・孔子世家》：「太山壞乎，梁柱摧乎，哲人萎乎。」《世說新語・言語》顧長康詩：「山崩溟海竭，魚鳥將何依。」又曰：「聲如震雷破山，淚如傾河注海。」

4 曹丕〈短歌行〉：「仰瞻帷幕，俯察几筵。其物如故，其人不存。」

2010年4月

章刃詩有願做烏溪鄉下老之句，舊輿圖烏溪沙作烏龜沙咀，殆本名也，以此意步韻為贈

烏有無鄉詎問程，橫流滄海助秋聲。
超塵入俗都無奈，別燠迎寒自可驚。
中歲虛文非倚馬，高枝玄鬢已休鳴。
何如散策沙灣上，曳尾相看笑弟兄。

2009年11月

迎章刃北歸步韻一郡

人海藏身意未宣，惟餘深憶裊成煙。
曾勞濁盞陪中夜，轉以安禪待曉天。
舊雨有時歸翠岫，新詩無事惜流年。
洪涯道力通玄奧，識得誑言滿眼前。

2009 年 8 月

一郡伉儷遊日本馬關，購得胡蘭成一九六八年日文撰《建國新書》以贈，賦此卻報

秣陵碧血舊遺痕，霸業王圖孰忍論。
圯上受書真絕計，[1]海東逃死又煩言。
春帆渺渺無消息，[2]赤寺萋萋有痛冤。[3]
多少人間兵戰事，琵琶聽罷啖河豚。[4]

1 胡氏〈自序〉中有詩云：「古王業與新霸圖。急絃未可話樵漁。秦帝海外求仙藥。有人圯上受兵書。」

2 春帆樓客館為簽訂馬關條約之處，原址現已改建。

3 赤間神宮在春帆樓側，為源平大戰平氏被殲處。

4 神宮有無耳芳一像，芳一擅彈琵琶。又，馬關以河豚料理見稱。

2007 年 12 月

預題田泥畫菊二首

一

高士籬邊舊識荊，琴歌一曲相對清。
只今世上誰堪語，況復園蕪已久平。

二

向晚西風颯颯涼，屈平哀怨倩誰寬。
數枝自足凌秋露，豈待騷人作夕餐。

2007年4月

與田泥遊黃山宿北海及玉屏樓初晴轉雨霧氣盈途

縱鶴天地寬，偶然臨絕巘。
松芽僵未舒，三月春猶淺。
雪消槁草出，林腳差可踐。
引杖敲餘冰，連袂登長阪。
為戀斜照色，遂留丹霞晚。[1]
西海飽盤飧[2]，星下踏歌返。[3]
鬱雷破酣寂，山夢方悠遠。
歎息雲羅稀，搴簾訝流泫。
昨日崖邊樹，茫茫不可辨。

軒昂眾峰失，奄忽地軸轉。
衝雨步泥塗，莫使佳興殄。
風嘯排雲亭，迴駕但空緬。[4]
悵恨歸丈室，素襟竟未展。
侵曉色稍霽，相攜試寒蘚。
直上光明峰，旋投玉屏館。[5]
天都閟九閽，蓮花疑已剪。[6]
何所見而去，造化一混沌。
明日復人間，村居意何限。[7]

1 三月十三日登丹霞峰。
2 就食西海飯店。
3 晚宿北海賓館。
4 擬遊西海大峽谷，至排雲亭，大雨烈風，未入谷而返。
5 三月十五日由北海經光明頂至玉屏樓。
6 天都峰、蓮花峰以保育故封山，大霧迷離，未能瞻眺。
7 下山後將赴西遞、宏村。

2007 年 4 月

讀林立十年同賦

十年前亦號承平，一夕風流雨掃清。
浪蕊浮花歸草莽，天涯地角惜豪英。
閒停酒盞須觀海，怕觸秋心又按兵。
何似霜林橋畔客，惟憑綺語懺衷情。

2006年10月

浣溪沙

迎一郡任事歷史系

痴雨頑雲掩夢山。深杯冷饌對危欄。新聲吟斷曉寒間。　歸燕定巢催草綠。高荷照水映池丹。踏歌聞處一開顏。

2006年7月

調一郡步林立韻

文章本意在嬉娛，露布緣何見筆誅。
彊為著書三倍耳，留難老子出關無[1]。

1 《史記・老子列傳》：「至關，關令尹喜曰：『子將隱矣，彊為我著書。』於是老子迺著書上下篇，言道德之意五千餘言而去，莫知其所終。」

2006 年 4 月

附：林立〈調一郡〉

藏山事業尚躊躕，忍對兒曹筆墨誅。自古奇才多變態，如君兩倍看應無。

注：一郡著諸生呈交之期末論文，五千字增至萬五，遂遭張貼大字報，甚者以變態目之。舉校嘩然，一郡猶泰然自若，自侃曰「偉大之豐碑」，且攝下內容，分寄諸君子過目。噫！狂狷之士多矣，未有如斯者也。

林立兄將赴新加坡大學供職未克薦別詩以送行且預約年底歸省之會

戢翼平沙暫入群，每於閒夢憶天氛。
忽乘羊角圖南裔，獨撫龍鱗看暮雲。
得縱奇姿思矯健，莫辭佳句答殷勤。
一樽未許親持贈，只待冬深共半醺。

2005年8月

和章刃兄六月十三日會食沙田之作

世味諳時且放顛，欲治明鏡故磨磚。[1]
不嫌甕牖來張網，亦許槐根有慕羶。[2]
偶值荷風均醒醉[3]，要憑鸞舞鑑流堅。
長房妙術誰能識，叱召許陶到眼前。[4]

1 徐幹〈室思〉：「自君之出矣，明鏡暗不治。」又，寒山〈詩三百三首〉之九十七：「用力磨碌磚，那堪將作鏡。」

2 《莊子．徐无鬼》：「蟻慕羊肉，羊肉羶也。」

3 章刃、一郡能飲，林立可淺酌，果恒不沾唇。

4 世傳費長房能驅使百鬼。許，許慎，陶，陶淵明也。

2005年6月

大雪與一郡林立章刃諸兄同賦

前年白露節，同賦白露辭。
吟興破愁夕，西風吹鬢絲。
浮生困塵勞，坐歎歲月馳。
俯仰八百日，已過大雪時。[1]
了無灑空淨，徒覺幽恨滋。
幸有娛心約，[2]茗椀代玉巵。
一郡赴圍城，[3]從良應未遲。[4]
三閒適異國，入海遂無涯。
論字通古俗，[5]析句解人頤。[6]

暫得寧默識，餘歡付新詩。
我本鄉曲士，志意在一枝。
袖手觀時運，英逸竟不遺。
因憶市樓會，二載及于茲[7]。
願為檐間燕，重聚有常期。

1 十二月七日為大雪，十二月九日城軒午飯，乃有同賦之約。前年白露至今，約七百餘日。

2 曹丕〈與朝歌令吳質書〉：「高談娛心，哀箏順耳。」

3 錢鍾書《圍城》謂結婚「是被圍困的城堡，城外的人想衝進去，城裡的人想逃出來」。一郡兄歲杪成婚，是乃攻城者。然孰知城中非春光爛漫，樂而忘出耶。

4 《詩．唐風．綢繆》：「今夕何夕，見此良人。」

5 章刃兄古俗字博士論文殺青有日。

6 林立兄贈所著《清十大家詞選》。

7 檢舊日誌，見前年晚宴於同日，今日聚首，恰滿二年。

2004年12月

步一郡送人韻

笨鐘餘裊裊，橋塔尚峨峨。[1]
帝國斜陽暮，人間別恨多。
棋爭新辣手，密詔廣張羅。
域外如雙隱，陀翁日可過。[2]

1 譯Tower Bridge。

2 譯陀斯妥耶夫斯基。

2004年9月

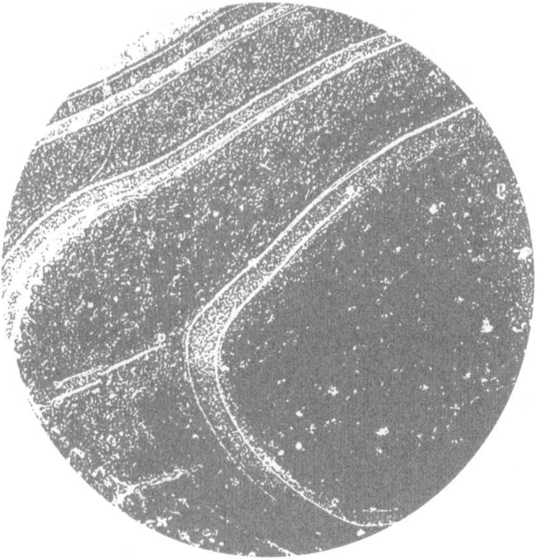

未濟、不濟、唔濟

從來沒有讀完《易經》，只知道今本以乾坤二卦居先，既濟未濟二卦殿後，道聽途説既濟是完成，未濟是未完成，未濟排在既濟之後，代表周而復始、毀而復成的循環哲學。然則，未完成、有待完成、尚有完成的餘地，當視為吉兆。現在閒暇多了，隨手翻書，讀到未濟卦的繫辭説，「小狐汔濟，濡其尾」，以小狐狸過河弄濕尾巴的狼狽模樣為喻，實在生動。水大腿短，勉強而渡當然危險，等一下吧。仍能等待，表示時機在前。河水不是永遠洶湧的，小狐也會日漸長大，耐心等一等吧。

可諺語說機會只留給有準備的人，等待時不該總是坐著、躺著。近月詩興重萌，彷彿與過去的寫法不同，即使只是主觀感受，已足夠開心好一會了。翻出未結集的舊作，加上新近寫出的，雖是戔戔之數，湊合成一集，靦顏命名為《未濟》，也有立此存照，自我督促的微意。何況還找到一篇舊文，適可用為代序，那就更有藉口沿用第一、二本拙作《力學》、《暗飛》之例，編出第三本故意踰越文類界線的小書。

轉念又想到寬緩委婉的田泥，每次問她有沒有辦妥某件事情，沒辦的話，她總是回答：未。有是有，沒有是無，未卻在無之中承諾將來的有。我沒有這種應對才能，我的未濟完全有可能是不濟。這裡的詩她大部分都看過，不過或許已忘掉；我們最初認識也因為詩，卻是忘不掉的。我一再拿出我不濟的，希望她也拿出她未濟的吧。

閒暇多了，可做的事情也多，但有些事情是決不想做的，粵語的説法是唔濟。唔濟有撒嬌的語氣，不適合我；加上尾巴變成唔濟得過，有小心權衡的意味，我倒喜歡。更奇妙是，唔濟得過字面上可解作渡不了河，和未濟卦暗暗呼應。難道是天意？唔濟得過乎，吾濟也。

2024 年 3 月，馬鞍山

延續的課堂與功課

何杏園

樊生是我的大學教授，在當新生的時候，我曾一度以為他是一個純粹教授現當代文學的老師，直至有一天在一堆古典文學的選修科目裡，赫然見到他開設「建安文學」一科。那刻，我才突然記起關於樊生的傳聞。

當時，有些選修科目很熱門，要成功選讀，就要很有策略，像現在要買到演唱會門票一樣。樊生開設的科目就是其中的熱門，身邊的同學都熱熱鬧鬧地表達成功選修的渴望，只要足夠細心地聆聽他們對各個科目的解釋，就必定會聽到類似這樣的說法：樊生以前不是教現代文學的；他研究生時期研究說文解字；近年才變成現代的老師；基本上他甚麼也能教……

我最終無法清楚記起所有當時的傳聞，也厚不起面皮向本人求證，但樊生學貫古今的説法大概也是事實——起碼他在一些訪問中也透露過他廣泛的興趣。樊生的興趣旁及新詩和散文的創作，這是作為學習者和讀者的我早早認知到的，因為他的作品早於傳聞，已在課堂和詩社聚會的讀物上出現過。

在當編輯的日子裡，有機會編到老師的創作結集，絕對是一件超乎想像的事。因吐露詩社的緣故，我知道樊生曾是《呼吸詩刊》的編委會成員，那是一本對後來的文學雜誌影響頗大的詩刊，他對一份出版物應該或不應該要怎樣想必有一定的想法。加上他的興趣和專業可以如此廣闊、沒有界限，從前的作品也喜歡文類夾雜，我們要處理的稿件，一定不會太簡單。

果然，不簡單的功課還是來了。樊生送來的是一份純粹的詩稿，但體裁卻毫不純粹，大部分是新詩，然而有些詩會紀錄在散文之中，亦有一整輯是舊體詩的創作。他最擅長的三種創作形式，都一次過密集地展現了，作為讀者，這絕對是最划算的作品集。但無論有多少文體，最終作品集指向的都只是詩作而已，反而沒有構成編輯室太多的苦惱。

從前讀詩會較為著迷一些意象飽滿的作品，讀下去時像走進迷宮，在其中注入情緒，然後晃蕩、迷失，在一片如霧的艱澀風景中找到刺激和滿足感。這次細讀樊生的詩作，彷彿開啟了我對詩的更多種讀法和想像。樊生的詩句簡潔澄明，意象輕盈，但愈讀下去，詩句羅織間卻漸漸生出更多風味和餘韻，每多讀一句，詩意的迴蕩便更為立體。有些詩句令我不斷想起辛波絲卡（當然裡面也有詩作直接引用了她的作品了）——以日常、微小的意象入詩，詩句又機警睿智，看似簡單、信手拈來的組合，以為這就很容易嗎？但理論課和創作課都不會教懂我們如何別出心裁和變得睿智，這正是詩人獨有的魅力所在。

樊生在短短一年間，出版了兩本個人著作，一本是論及散文與非虛構寫作的《真亦幻》，其後不久，出版該作品的書店宣告結業，我想出版這本書的機緣也由此而來吧？但我更願意相信樊生也欣賞我們的某些出版物。

在替他出版的同時，他也留給我一些（無心的）挑戰，像當時修畢一課後的期末論文：大學時期的我一心只想讀現當代的文學課，所以近乎沒有選讀古典文學，也因此，現在的我舊體詩造詣不高，硬著頭皮細讀編輯一輯舊體詩作——祈禱沒有甚麼由我造成的錯誤，我會努力在其他部分代償。寫這篇編後記也是樊生給的小小任務和大大的挑戰，在老師的作品後留下自己的文字，實在需要一些勇氣，但願這些功課都能達標。

2024年7月

未濟

作者	樊善標
編輯	何杏園
校對	譚穎詩　李卓賢　黃妙妍　余啟正
裝幀設計	李嘉敏
出版	後話文字工作室
電郵	info@pscollabhk.com
Facebook / IG	pscollabhk
印刷	新世紀印刷實業有限公司
香港發行	泛華發行代理有限公司 gccd@singtaonewscorp.com
台灣發行	紅螞蟻圖書有限公司
星馬發行	新文潮出版私人有限公司
版次	二〇二四年八月初版
國際書號	978-988-70036-7-0
定價	港幣一二〇元 新台幣四二〇元
建議分類	① 新詩 ② 香港文學 ③ 當代華文創作

後話

工作室贊助